किताब ए ज़िंदगी

आशु शर्मा

Invincible Publishers

कॉपीराइट पृष्ठ

भारत में वर्ष 2019 को सबसे पहली बार प्रकाशित

ISBN: 978-93-88333-57-3

इनविन्सेबल पब्शिलर्स

201A, SAS Tower, Sector 38, Gurgaon-122003

'किताब ए ज़िन्दगी' पुस्तक में मैंने ज़िन्दगी बयान करने को कुछ लफ्ज़ तलाशे हैं और कुछ लफ्ज़ तराशे हैं। मेरे ज्यादातर अरशार ऐसे हैं कि हर वर्ग और उम्र के लोग इस से जुड़ा हुआ महसूस कर सकते हैं। किताब के पन्नों पर बिखरे लफ्ज़ कुछ ऐसा कहते हैं जो पल कभी न कभी हर किसी की ज़िन्दगी में आते हैं। गुज़ारिश है कि सभी और खासकर गज़ल ए नज़म के शौकीन ज़रूर पढ़ें।

1

सांस दर सांस साथ चलती थी
अहसासों का एक समुन्दर देखा
एक ही राह पर साथ चलते हमने
खुद को बहुत तनहा तनहा देखा

शराब और शबाब की असीरी में
वजूद कुछ बचता नहीं है अपना
डूब गया तो फिर न उभरता देखा
अंजाम ऐ दास्तान बड़ा बुरा देखा

वक़्त देता नहीं है मोहलत फिर से
वक़्त के रहते ही संभल के चलना
रखना हीरा भी तराश के अपने लिए
तुम्हे पत्थर को समझते नगीना देखा

2

बात बात पे कसमें खाना
बात बात में वादे करना
हम को रास नहीं आता है
अपने बस की बात नहीं है

कभी किसी को साथ ले चलना
कभी किसी के साथ हो जाना
हम को रास नहीं आता है
अपने बस की बात नहीं है

कभी कभी यूँही हंसी हंसी में
झूट मूठ का रोना रोना
हम को रास नहीं आता है
अपने बस की बात नहीं है

नज़र उठाना नज़र झुकाना
और फिर तेरा यूँ नज़र फेरना
हम को रास नहीं आता है
अपने बस की बात नहीं है

3

तेरे मेरे दरमियान थे फासले बड़े
जो तय किये है मैंने धीरे धीरे
इक दिन मिल ही जाओगे
सोच कर हम मुस्कराये हैं

मेरी निगाहों ने किया है तय
तेरे दिल तक का सफर
बड़ी तहज़ीब से हमने कदम बढ़ाये हैं
इक दिन मिल ही जाओगे
सोच कर हम मुस्कराये हैं

तुझे सोच कर तुझे देख कर
दिल में उठती है लहर
बड़ी नज़ाकत से तूने मेरे होंसले बढ़ाये हैं
इक दिन मिल ही जाओगे
सोच कर हम मुस्कराये हैं

4

तुम्हें अंदाजा तो है पर यकीन भी रखना
इस कदर चाहा है तुम्हे और तुम्हे दिल्लगी सूझ रही है

तेरी गैरमौजूदगी में भी मौजूदगी है तेरी
और तुम्हे अकेले सैरो –तफरीह की सूझ रही है

कहीं आने जाने के भी औकात हुआ करते है
और तुम्हे बेवजह दिल से निकल जाने की सूझ रही है

इतने बहा चूका हूँ कि अब अच्छे नहीं लगते आंसू
और तुम्हे मुझे आंसुओं से डराने की सूझ रही है

मुकम्मल तौर पर जाने बिना मसीहा मान लिया तुमको
और तुम्हे मेरी ज़िन्दगी के मतले की खराबी सूझ रही है

मौसम बदला है
तुम मिज़ाज क्यों बदलते हो
रिश्ते बदल भी जाएं तो क्या
तुम अहसास क्यों बदलते हो

नहीं होता मुमकिन यह
की माझी ही में जिया जाए
तस्वीर बदल भी जाए तो क्या
तुम तस्सवुर क्यों बदलते हो

नहीं आसान कहानी का
खुद ही इंतखाब किया जाए
कहानी बदल भी जाए तो क्या
तुम किरदार क्यों बदलते हो

6

वो हवाएं जो नम थी मेरे दिल की कसक से
गम ये है बस कि तुम्हे छू कर भी नहीं गुज़री

रोका था हमें फितरत से छेड़ छाड़ करने को
तजुर्बेकार तुम और हम समझदार खुद थे

तमाशा ही ज़रूरी था मदारी कोई भी हो
न वो सही ठहरा और मैं भी गलत कहाँ था

ज़िक्र ही न छेड़ा हम ने वक़्त का अपने लिए
लेना देना वक़्त का तो गैरों में ही सुना था

तुम्हारी क्या बात है
तुम तो बस तुम हो

मांग लो कहीं पनाह
ज़मीन और आसमान के बीच
न फरिश्तों से मिलती हो
न इंसानो सी लगती हो
तुम्हारी क्या बात है
तुम तो बस तुम हो

क़ैदे ख़ामोशी में रहो
तो भी कोई हर्ज़ नहीं है
मुसलसल इक एहसास हो
तुम खामोश नहीं हो
तुम्हारी क्या बात है
तुम तो बस तुम हो

निगाहें खूबसूरत हो गयी होंगी
जब वो चेहरा किताब बना होगा

जुल्फ़ें खुल के बिखर गयी होंगी
जब उन शानों पे सर धरा होगा

रंगत चेहरे की निखर गयी होगी
तस्सवुर जब भी कभी किया होगा

धड़कनें यकीनन बढ़ गयी होंगी
जब कभी वो रूबरू हुआ होगा

9

ख्वाब हक़ीकत के मेहमान क्यों लगते हैं
क्यों पलकों के शामियाने गिराने पड़ते हैं
कुछ देर ठहरते हैं और बस जाने लगते हैं
कभी किस्से तो कभी अफ़साने से लगते हैं
ख्वाब क्यों हक़ीकत के मेहमान से लगते हैं

ज़रा सी आंच लगते ये सुलगने लगते हैं
चार दिन न देखो तो भूलने लगते हैं
शिद्दत से इंतज़ार करो तो आने लगते हैं
मगर न तराशो तो रूठ के जाने लगते हैं
ख्वाब क्यों हक़ीकत के मेहमान से लगते हैं

है आज भी याद हमें
वो नज़र से सलाम कहते थे
सजा कर अपनी महफ़िल को
चर्चे हमारे आम करते थे

कभी जो यूँ लगा उनको
खफा हैं हम ज़माने से
बुला कर ज़ीनत हमको वो
अक्सर बेदाम करते थे

रहा करते थे बनठन कर
अलग अंदाज़ में अपने
परी समझते थे हमको
खुद को गुलफाम कहते थे

पिंजरे में परिंदे पालेंगे वो
क्या बावलेपन की बातें हैं जबरन हाकिम बनने की

आवारा से जो दिखते हैं
उड़ान तुम उनकी रोकेंगे जबरन इश्क़ जता कर के

पहले ही मसले कम न थे
जो परों में उनके जा उलझे एक मजबून बना करके

ताजुब्ब तो हुआ होगा जब
बेज़ार दिखे होंगे बिना मशक्क़्त चोगा खा कर के

वक़्त लगता है मौसम बदलने में भी
दिल बदलने की बात तो मत करना

हर चीज़ की कीमत होती हैं पर
मोहब्बत में सौदे की बात मत करना

खुद महरूम हो कर भी सायेदार रहा
उस शज़र पे शक की बात मत करना

अदावत भी करना तो हवासों में रह कर
खुद ही से बगावत की बात मत करना

वो पगली वो दीवानी
जाने क्या क्या कहती है
हाँ मैंने देखा है उसको
जिस दिल में मीरा रहती है

पल में हस्ती
पल में रोती
नींद में जागी
जगती सोती
वो सब की बातें सहती है
हाँ मैंने देखा है उसको
जिस दिल में मीरा रहती है

छोटे छोटे
सपने दिल में
कुछ सपने
कुछ अपने दिल में
आँखों में एक मूरत रहती है
हाँ मैंने देखा है उसको
जिस दिल में मीरा रहती है

वो शबाब ऐ हयात
जिस पे कभी
निगाहें नाज़ करती थी

गुज़रती थी नज़ाकत से
तो हर रूह पे राज करती थी
बदस्तूर मुख्तलिफ से लहज़े से
हरफ़ को अलफ़ाज़ करती थी
शिद्दत और कुर्बत से ख्वाबदीदा
सिफर को कायनात करती थी

वो शबाब ऐ हयात
जिसपे कभी
निगाहें नाज़ करती थी

मैं वाइज़ नहीं
पर काफिर क्यों समझने लगे मुझको
बेखुदी में इतना भी डूब मत जाओ
माना मैं खुद के इख्तयार में नहीं
पर तुम मुझे नमुकम्मल भी मत बुलाओ

फूलों से नरम
तंगज क्यों लगने लगे मुझ को
रेशम ऐसा भी मत बरसाओ
माना इतना भी नाजुक नहीं हूँ मैं
पर तुम मुझे पत्थर भी मत बुलाओ

तू शाद रहे
आबाद रहे
मेरे अल्फ़ाज़ों को याद रहे

मगरूर न हो जाना लेकिन
तेरे होशों को हवास रहे

इक रब्ब ते दूजे उसकी ज़ात
हरदम जिसका तुझे पास रहे

मंदिर मस्जिद न जा बेशक
कोई रूह न रोये यह हिसाब रहे

मुश्किल न आये नहीं कहता
बस तेरे होंसलों में परवाज़ रहे

तू शाद रहे
आबाद रहे
मेरे अल्फ़ाज़ों को याद रहे

कुछ पिछले हिसाब बाकी थे
बदगुमानियों का दिल पर था पहरा

देखने सुनने में कासिद फिर भी
नज़र के सामने रहा वो इक चेहरा

छुपा के खंजर फूलों में उसने
ज़ख्म दिल पर दे दिया था गहरा

दुश्मनी के काबिल भी न पाया
ब–लफ्ज़ ऐ नफीस वो मेरा दोस्त ठहरा

हकीकत का आईना दिखाना
वक़्त की आदत सी है
अच्छा झट से गुजर जाना
बुरा हो तो वहीं थम जाना
जब भी आना बेवक़्त आना
वक़्त की आदत सी है
हकीकत का आईना दिखाना
वक़्त की आदत सी है

बहुत धीमे ही सही
मगर मेरे लफ़्ज़ों को हमेशा गुनगुनाते रहे हो
चुपके से ही क्यों न आओ
पर ख्वाबो में तशरीफ़ लाते रहे हो
छुप छुप कर ही क्यों न जाओ
निगाहे रह गुज़र से जाते रहे हो
किसी न किसी बहाने से
भूलने के बाद भी हमेशा याद आते रहे हो

रातों को दिन के उजालों ने भुला दिया
दिन को रातों के अंधेरों ने दिखला दिया
सब कुछ अहम है
नहीं कुछ भी है बेवजह
हर वक़्त हर चीज़
हर शख्स है अपनी जगह
अगर मैं न हूँगा तो
तू तू भी न होगा यहां
हम तुम हुए न तो
यह सब न होगा यहाँ
चलते रहोगे तो मंज़िल के होंगे करीब
सोचो ज़रा तुम कभी वक़्त ठहरा है क्या

न छिपे न भरे
बस शाख दर शाख फैलते गए
ज़ख्म दिल के
ख़ामोशी से नासूर बनते रहे
ता उम्र खड़ी रही ज़िन्दगी
कभी धूप तो कभी बारिश में
और हम मौसम की
खुशगवार तबदीली को तरसते रहे

कई अंधे मोड़ों से
लहराती बलखाती निकल गयी
और ये मोड़
ज़िदगी को खूबसूरत बनाते रहे

हाय मत पूछिए
अब ठहरी कहाँ है ज़िन्दगी
हर मंज़िल पे पहुंच
नए मुकाम की ओर चलते रहे

दिल जो खोला तो ज़ख्म पुराने निकले
मजबूरियां उसकी सब बहाने निकले

कच्चे रंग छूट गए पहली बारिश में
बेरंग मैं और वो रंग जमाने निकले

धूप भी ले गयी उड़ा रंगत मेरी
उन शोख रंगों से वे सपने सजाने निकले

खालीपन कर के वो मेरा नसीब
खुद अपने दिल को बहलाने निकले

तंगज करते न आज हिचकचाए
जिस ज़ुबान से थे तारीफ ऐ ख़ज़ाने निकले

दिल पर पत्थर तो रख लिया है
दिल ही पत्थर कहीं न हो जाए

तेरी इस तरह बेपरवाही से
मेरी गलती गुनाह न हो जाए

अजीब एक कैफियत सी है
डर है ख़ामोशी जुबां न हो जाए

लफ्ज़ नहीं हैं बयान करने को
ज़ख्म नासूर कहीं न हो जाए

हालात की आंधी से बिखर गया इतना
मुझे मेरे होने तक का एहसास न रहा

छोड़ गया मुझ को छोड़ के जाने वाला
टूटा इतना कि गम ही का पास न रहा

जान है मेरी अब भी वो वाहिद शख्स
जिस की ज़िन्दगी में अब मैं खास न रहा

वक़्त गुज़रा कैसे इल्म नहीं है मुझ को
मैं बस ख्याल में तेरे सब भूल गया था
हर नज़र में
हर नज़ारे में
तेरी निगाह के हर इशारे में
मैंने खुद को डुबो दिया था ऐसे
कि मैं तसव्वुर में तेरे सब भूल गया था
मेरी बातों में
मेरी यादों में
मुसलसल मेरे हर इरादों में
बिखर गया तू खुशबू की तरह जैसे
फूल रखके मैं किताब में भूल गया था

दोस्त बन के हाथ मिलाने वाले
दोस्त ही निकले कम ही होता है

ज़िन्दगी खुद ही सिखा देती है
कि इसको जीना तो एक समझौता है

वक़्त हँस के गुज़र जाए अच्छा है
वरना यहाँ कौन किसके लिए रोता है

लगा तोहमत दामन पर औरों के
इंसान गुनाह अपने दामन के धोता है

मारने वाली नज़र ने ही ज़िंदा रखा मुझ को
सितम समझूँ या उनका यह करम ठहरा

हादसे बे इख्तयार हुआ करते हैं सुन रखा था
पलवशा समझ बैठा जिसे वो आतिश ठहरा

हर कोई शामिल था मेरे खिलाफ साज़िश में
मुझे अब किसी से न कोई शिकवा ठहरा

लोग समझते रहे हैं जाने क्या क्या न मुझे
पर मैं तो बस उसका खैर ख़्वाह ठहरा

कुछ अनसुनी
कुछ अनकही
यह जो दास्ताँ है मेरी
बगिया है इक पर क्या हुआ
कहीं गुल जो इसमें खिले नहीं
संगीत मधुर पर क्या फर्क
कहीं साज आके जो मिला नहीं
मेरी अपनी धुन
मेरे खुद के बोल
मैंने गायी कभी
गुनगुनायी कभी
यह जो दास्ताँ है मेरी
जो तुम्हारे लिए अजीब है
यही दास्तान है मेरी
जो मेरे दिल के बहुत करीब है

थोड़ा थोड़ा बर्बाद होने से बेहतर था
एक बार में पूरा तबाह हुआ जाए

बस दिल ही को तो मारना था
ताकि होंसलों से जिया जाए

क्यों वो बेवफा हो नहीं सकता
किसी किताब में तो लिखा जाए

उसकी नज़रें मेरा आईना है तो
मेरा दिल भी आईना किया जाए

जो कभी तुम्हे सौंपी ही नहीं वो
ज़िक्र ऐ अमानत कैसे किया जाए

तुझ में कोई कमी नहीं थी यूँ तो
तुझ में तू ही नहीं मिला मुझ को

वक़्त और हालात के सवालात में
कहने का मौका नहीं मिला मुझ को

मोहब्बत में मिलावट भी ज़रूरी है
इसका नुस्खा नहीं मिला मुझको

बगैर उसके जीना मौहाल नहीं पर
दिल में सुकून नहीं मिला मुझ को

रात आयी है इक मंजर सुहाना लेके
सुबह होगी रोशन सितारे की सी

मिज़ाज अच्छे है आज तो उनके
ख्वाब रखे हैं तकिये के नीचे बुन के
न जाने कौन सी घड़ी कब आ जाए
बिखेर दो मुस्कान गुलाब की पंखुड़ी सी

नक़्श हर इक तेरा नज़र में है मेरी
ज़ुबान से बोल रही है निगाह ये तेरी
पूरी कायनात है जिसकी मुज़्तर अब तो
वो मौजूदगी तेरी लगने लगी कयामत की सी

ज़ख्म देने वाले कई दोस्त पुराने निकले
कहने को मेरे थे पर गैरों से याराने निकले

खुद पिस कर भी रंग ही छोड़ा उसने
फिर भी कुछ पत्थर हिना चुराने निकले

ज़िन्दगी तुझ पर ऐतबार करें भी तो कैसे
जब खुशी की धुन पर गम के तराने निकले

मेरी ख़ामोशी पे ऐतराज़ था जिनको
नाम लेने पर वही मुझ को डराने निकले

रूठने मनाने में कुछ नहीं रखा
बिखर चुके हैं आओ कुछ ख़ामोशी इख़्तियार करें

वक़्त ने भी ऐसे रंग दिखाए हैं
लाज़मी है दायरों का खुद ही इन्तखाब करें

शिद्धत से किया इंतज़ार बरसों
बेहतरी है किसी से न कोई सवालात करें

वो मोहब्बत ही नहीं रही अब तो
खुदा का वास्ता न औरों पे इल्ज़ामात करें

तुम्हारी तरफ से परेशान रहता हूँ
अपनी जान का तुम ख्याल रखना

नज़रअंदाज़ नहीं करते किसी को
पर अपनी ज़रूरतों का भी अंदाज़ रखना

हर पुराना मर्ज़ लाइलाज नहीं होता
पर वक़्त की भी एहतियात रखना

बुरी लग भी जाये मेरी कोई बात तो
खोट नीयत में शुमार मत रखना

नए चेहरे पर पुराने उतार चढ़ाव
माहौल तो तुम खुशगवार रखना

तकसीम कर चुका था अपना वजूद ऐसे
मुझे खुद की ज़रुरत थी पर मैं बचा न था

शज़र की हर शाख पर बैठा रखे थे परिंदे
कुछ ख्वाहिशों के और कुछ उम्मीदों के
पर मिटटी ही नम न थी तो रखा क्या था

सफर में रह कर भी रास्तों से जुदा था मैं
मंज़िल से आशना पर जाने कहाँ कहाँ था मैं
जुस्तजु रही मुस्तकबिल में लिखा क्या था

रिश्ते निभाने की बात करते हो
यह किस ज़माने की बात करते हो

अब न मिलेंगे किसी मोड़ पर फिर हम
क्यों आज़माने की बात करते हो

वफ़ा अलफ़ाज़ भी फिसलता है जिस जुबा से
उनके बावफा होने की बात करते हो

ज़ख्म पुराने तो अब नासूर हैं उन पर
कौन से मरहम की बात करते हो

खुद को खुश दिखने के सिवा
कोई चारा न बचा होगा
वो हंसा होगा मगर कहने को
वरना दिल से रोया होगा

अश्क़ आ आ के पलकों पर ठहरते होंगे
मोती समझ उसने हर अश्क़ पिरोया होगा

सोच के उनको दिल ज़ोर से धड़का होगा
जान के उसने धड़कन को न सुना होगा

मय में डूबा वो जो तूफ़ान से गुज़रा होगा
उसके नाम पर इक जाम तो पिया होगा

दौड़ता फिरता ख्यालों में जो आया होगा
वक़्त लौटेगा नहीं कह कर भुलाया होगा

रास्ते पर वही आएंगे जो भटक गए हैं
पर जिन की नीयत खराब होगी वो अंजाम को पाएंगे

खत्म हो जायेंगे उनके किस्से उन ही के साथ
बातें ,तसवीरें तो क्या निशान भी नज़र न आएंगे

भटकते फिरेंगे दरबदर इक सकून की खातिर
बहल जाएंगे पल दो पल सुकून न कभी वो पाएंगे

सोचेंगे और महसूस भी होगा गुनाह अपना
पर न ही वक़्त पलटेगा न इसकी रफ़्तार रोक पाएंगे

वसीले नहीं हैं एक बात है यह
और आजमाइशें भी खत्म नहीं होती

वो जिस में रब्ब दिखाई देता है
तस्सलियाँ उसकी भी दुआएं नहीं होती

ज़िन्दगी क्या है काँटों से घिरा गुलाब
खूबसूरत है पर कभी आसान नहीं होती

तैरते है ख्वाब जिसके मेरी कच्ची नींद में
हक़ीक़त में वो कभी रूबरू नहीं होती

ख्वाब बुनने का हक़ तुझे भी है और मुझे भी
पर मैंने इन्हे कभी दौलत के तराजू में नहीं तोला

गर्द से छिपा आसमान और कहकशां भी थी
दस्तक ही न सुनी मैंने और दरवाज़ा नहीं खोला

तुम इस कदर जवाब के लिए मुंतज़िर क्यों हो
मैंने तो कभी तुम्हे कभी इंतज़ार को नहीं बोला

यकीनी और बेयक़ीनी के इस कश्मकश में
दांव पर मरासिम फिर भी रखेगा खैर मौला

तेरी यादें कहाँ कहाँ बिखरी
तू खुद को छोड़ गया था हवाओं में खुशबू की तरह

हर गली हर मकान हर दरीचे में
तेरा वजूद फूलों सा हर बगीचे में
हर एक शह में शुमार थे तुम ऐसे
लौ से रोशन किये अँधेरे में भी रास्ते चांदनी की तरह

हर एक बात में हर कहानी में
हर किस्से में हर इक ज़ुबानी में
तुम ही तुम थे मौजूद इस तरह
हर अलफ़ाज़ में बसे हो जैसे मेरे तराने की तरह

मैं लिखूंगा एहसास और तुम गुनगुना देना
मेरे होंगे जज़्बात और तुम उनको जुबा देना
तुम कुछ ऐसा कर देना
मेरी ग़ज़ल को गीत बना देना

मैं सोचूंगा तेरा ख्याल
तुम देखोगी मेरा ख्वाब
तुम हो जाना महताब
मैं बन जाऊंगा आफताब
मेरी हार को जीत बना देना
तुम कुछ ऐसा कर देना
मेरी ग़ज़ल को गीत बना देना

हम तुम जब होंगे साथ
हाथों में जब होंगे हाथ
मैं कह दूंगा हर बात
समझ कर मेरे हालात
मुझे जीवन मीत बना लेना
तुम कुछ ऐसा कर देना
मेरी ग़ज़ल को गीत बना देना

सारे मौसम इक जैसे हैं
वक़्त के लम्हे ठहरे हैं
मरहम भी क्या करेगा
रूह के ज़ख्म गहरे हैं
दर्द के रिश्ते में भी तो
अब लोग ढूँढ़ते चेहरे हैं
मैं पत्थर इक बीच समुन्दर
साँसे तेरी याद की लहरें हैं

किसी की मज़बूरी
और शौक किसी का
लिबास बेलिबास जैसा
खूबसूरत सी कहानी में
इक किरदार निखर गया था कहीं
कहीं दिल भी मोम न हुआ
और पत्थर भी पिघल गया था कहीं
मैली आँखों से जो देखा फिर तो
रेज़ा रेज़ा बिखर गया था कहीं

तेरी मेरी यारी
तू जीता
मैं हारी
है फिर भी मुझ को प्यारी
ये तेरी मेरी यारी
हंसना सिखा के
रोना भुलाया
गम सारे लेके
हैं खुशियां मुझ पे वारी
है मुझ पे उधारी
औ यारा तेरी यारी

कौन हूँ मैं
क्या हूँ मैं
पूछता हूँ खुद से और
फिर ढूंढ़ता हूँ खुद में

मुझ में रहता है क्या और कोई
मुझ को जीता है क्या और कोई
भीड़ में मैं हो या अकेले में
क्या रहता है साथ हरदम कोई
पूछता हूँ खुद से और
फिर ढूंढ़ता हूँ खुद में

मेरे होने में और न होने में
हाथ जिसका वह है और कोई
मैं हूँ क्यों अनजान तू ही बता
मुझ को पहचान मेरी कुछ तो बता
पूछता हूँ खुद से और
फिर ढूंढ़ता हूँ खुद में

मेरी खुशियां तेरे बिना मुकम्मल नहीं हैं
गुज़रते वक़्त के साथ क्यों रवैये बदल गए हैं

खुशी क्या है हमें तो मायने पता नहीं हैं
ज़िन्दगी जी ली और अब फलसफे बदल गए हैं

हर मोड़ पे मेरे नाम नया फरमान आया है
सजदे में झुकते झुकते अब बुत ही बदल गए हैं

कौल से फिरना मेरी फितरत में नहीं है
अख़लाकियत के अब तो पैमाने बदल गए हैं

महरूम रहा वो शख्स अपनी ज़ुबान से
मोहब्बत की किश्तें भी भर नहीं पाया

खुद भी अधूरा रहा रहमतों के साये में
और हर मुकम्मल शै को अधूरा ही पाया

नवाज़िशें बेमायने रही उसकी नज़र में
हाँ बंदिगी में उसकी खुदा का खौफ पाया

खुद को धोखा दे बैठा औरों को देने में
समझ ही न सका क्या खोया क्या पाया

दिल तोड़ा
भरोसा तोड़ा
और उस पर फरेब
मोहब्बत खून या इक हादसा
और बस ज़िन्दगी के मायने बदल गए

सब्र थोड़ा
सुकून थोड़ा
न ही कोई ऐतराज़
दुआ कहूं या इक फैसला
और बस चेहरे समेत आईने बदल गए

अधूरी जो ख्वाहिशें थी
वो हसरतें बन गयीं
जूनून इतना था कि मैं
किस्मत से लड़ गयी

खुशियां किसी के फैसले की नज़र कर दी
मोहब्बत जवान है आज भी
जागीर बदल गयी

जिनकी सरपरस्ती में महफूज़ फिरा करते थे
बदगुमानियां दिल ऐ सुकून
बर्बाद कर गयीं

पुरसुकून ज़िन्दगी पर फिर भी खुशी न थी
मामूली सी बातें ज़िन्दगी के
रस्ते बदल गयी

चाहता नहीं था किसी की रौ में बहना पर
हालात मेरे ऐसे थे कि मैं अपना अहम उतार आया था
नहीं मौजूद था मुझ में कोई फरेब मगर
हिम्मत थी कि मैं खुद अपनी तम्मनाएँ मार आया था
मेरा गुनाह इतना था कि
मैं वक़्त से इक लम्हा उधार लाया था
सब से नज़र चुरा कर तुम्हे पुकार आया था

तेरे तारुफ़ की भी इक अदा हो गयी
मैं शायर और तू बस ग़ज़ल हो गयी
सुनू या सुनाऊ नहीं फर्क कोई
मैं तेरा और तू बस मेरी हो गयी

तुझ को ही पढ़ना और सुनना तुझे ही
नज़र मेरी बस अब देखे तुझे ही
तेरा ज़िक्र कहानी मेरी हो गयी
मैं शायर और तू बस ग़ज़ल हो गयी

ख्वाबों में तू और ख्यालों में तू ही
करता हूँ बस मैं तसव्वुर तेरा ही
तेरा नाम निशानी मेरी हो गयी
मैं शायर और तू बस ग़ज़ल हो गयी

खामोश क्यों अँधेरे में
डरती क्यों अकेले में
माना लड़की हूँ मैं
तो इसमें मेरा क्या कुसूर

मैं ऐसा किस्सा हूँ
हर घर का हिस्सा हूँ
आज़ादी पर फिर क्यों मेरी है यह पहरा लगा

ज़िंदा हूँ कहने में
लाश हूँ रहने में
सोच आदमी की गन्दी अंकुश मुझ पे क्यों लगा

रंजिशे बेइन्तहा हैं तो
मोहब्बतें बेपनाह रही होंगी

खार भी खार नहीं
गुल ही से थे कभी
बातें बहार और चेहरा
महताब लगता था कभी
अश्क़ मोती और आह
बे असर तो नहीं रही होगी

कस के तंगज कहीं मुझपे
किसी की महफ़िल में
अपना दिल बहलाने को
थोड़ा सुकून पाने को
चेहरे पर हंसी पर
दिल में खुशी तो नहीं रही होगी

तुम मेरे
मेरे तुम
ख्वाब हक़ीक़त तान तान पर
तुझ को सजाया है
कोई देखेगा तो जानेगा
कैसे तुम्हे अपना बनाया है

समुन्दर की लहरों ने
छिपाएं है मोती जैसे
दिल की धड़कन में यूँ तुझ को छुपाया है
कोई देखेगा तो जानेगा
कैसे तुम्हे अपना बनाया है

हवाओं के झोंकों में
खुशबू बसी हो जैसे
साँसों की सरगम में यूँ तुझ को बसाया है
कोई देखेगा तो जानेगा
कैसे तुम्हे अपना बनाया है

धोखा इंसान ही नहीं मुकद्दर भी दे जाता है
क्यों हर बात को ज़हन पे सवार किया जाए

क्या हुआ जो काबिले माज़रत नहीं कोई
पर बेमुरव्वती से भी बात क्यों की जाए

वक़्त से पहले और वक़्त के बाद का वक़्त
गैर मामूली है तो बेवक़्त न किया जाए

ज़िद्दी होती हैं फितरतें
जल्दी बदला नहीं करती
इनसे छेड़छाड़ से क्या हासिल
तबदीली की इन्हे आदत नहीं होती

गुरूर समझें या फिर बेपरवाही
जो किताब सब ने पढ़ ली
मेरी रूह में झाँक कर
मैंने खोली ही नहीं आज तक

बेअहसास ज़िन्दगी या
बे हिसाब ज़िन्दगी
कभी बेमकसद तो कभी
बेशुमार हैं ज़िन्दगी
फ़ितरन लाइलाज है ज़िन्दगी

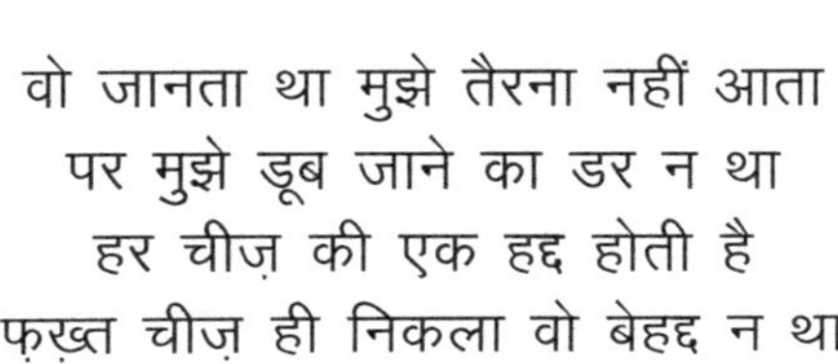

वो जानता था मुझे तैरना नहीं आता
पर मुझे डूब जाने का डर न था
हर चीज़ की एक हद्द होती है
फ़ख़्त चीज़ ही निकला वो बेहद्द न था

***

आगाज़ तो है पर अंजाम नहीं है
मेरी कहानी के सब किरदार बिखरे पड़े हैं

***

तुम ख्वाब हो क्यों हक़ीक़त बन नहीं जाते
हम पूरे तुम्हारे हैं वसीयत कर नहीं पाते

***

बाज़ औकात कोई खुदगर्ज़ हो गया है तो क्या
फितरत अपनी हम से भी बदली नहीं जाती

***

खार है
पर फूल सा महकता क्यों है
वाह ! क्या खूब
ये खार के किरदार पर इलज़ाम है
***
अब मिलावट बस चीज़ों तक महदूद नहीं
इंसानो में अक्सर शैतान मिला पाया है
***
अँधेरे चीरने को इक मद्धिम सी लौ ही काफी है
तेज़ रौशनी में तो खुद की आँखें चुंधिया जाती हैं
***
हम तो ढलते सूरज हैं
कभी भी डूब जायेंगे
तुम चढ़ता सितारा हो
मेरी राहों में उजाले रखना
***

मेरे सब्र को इतना भी मत आजमाना
कि मैं टूट जाऊं और तुम हुकमरान न रहने पाओ
शौक तेरे हैं फिर भी फ़िक्र मुझ को है
कहीं मुकम्मल हो के भी अधूरे ही न रह जाओ

***

जिस ज़रा ज़रा को तुम
तवज्जो देना भूल गए
हैरत में क्यों हो आज
जब वो ज़र्रा बन गया

***

हद्द इश्क़ की मापनी है तो
बस इतना समझ लो
इश्क़ अब सुर्ख कहाँ
बस सुर्ख़ियों में है

***

मेरी जंगमुराद ख्वाहिशें जब सब्ज़ हो गयी
रंग उनके चेहरे का क्यों बेरंग हो गया
***

बस इक मेरा ईमान
और मुझ में फरेब नहीं
बाकि खामियों का तो मैं सरापा ठहरा
***

लौट आता था मैं तेरी हद्द में
हर गली, मोड़, मोहल्ले से
जब दहलीज़ लांघ आया
तो बस बेहद्द हो गया
***

लब्ज़ तराशते रहे बयांन करने को
ज़िन्दगी गुज़री किस गली से थी
***

ज़िन्दगी कायल है तेरे अंदाज़ के हम
नश्तर भी चुभोती हो तो फूलों में छुपा कर
***

बरसों देखा करोगे राह तुम भी
मैं वक़्त तो नहीं पर
लौटूंगा भी नहीं
***

इक यह आलम भी देखो मौकापरस्ती का
साज़िशें खुल जाएँ तो
शरारतें हो जाती हैं
***

जो गुज़र गया इक लम्हा था
अब लौटूंगा तो तारीख बना जाऊंगा
***

तेरे होने में और न होने में
फ़ख़्त इतना ही फर्क है
लापरवाह थे अब बेपरवाह हो गए
***
गम ऐ हयात इस कदर तवील थी
ता उम्र बस हम सफर में ही रहे
***
रास्ते जो गुमशुदा थे कभी
मंज़िल खुद उनसे मेरा पता पूछती है
***
तवज्जो अक्सर वही ले जाता है
जो लाज़मी नहीं होता
***
बनावट से अब यूँ लबालब है ज़िन्दगी
वो अंदाज़ ऐ ग़ालिब कहाँ से लाया जाए
***

काफिर है वो फिर भी कहता है
ए खुदा महफ़ूज़ रखना
***

बेख़ौफ़ फिरते हैं वो
जिन्हे खुदा का खौफ रहता है
***

ता उम्र करता रहा कोशिश वो मुस्कराने की
सुकून उसने कभी किसी का छीना था
***

वो रहती है जिसमे मिली हुई शफा भी
हर किसी को हासिल वो दवा नहीं होती
***

कुछ ख्वाब मेरे
मेरी ही हैसियत से परे हैं
बस इक जूनून
उन्हें बिखरने नहीं देता
***

वो इक पल जो बड़ा बेरहम सा लगता है
कामयाबी के दस्तावेज पर दस्तखत उसी के हैं
***

लियाकत की तो कमी न थी
मिज़ाज ही बस खराब थे
***

वक़्त मेरे ज़ख्म को जाने क्या रुख देगा
वक़्त मरहम भी है और वक़्त नश्तर भी
***

दुनिया का शोर मुझे सुनाई नहीं देता
अपनी ही आवाज़ से ख़ौफ़ज़दा हूँ
***

बेअदबी सीख ही ली उसने
जो कभी अदब से पेश आता था
***

खुशगवार थी हर तबदीली
जो मौसम बदले ,मंजर बदले
दोस्तों का बदलना मगर अच्छा नहीं लगा
***

सौ झूठे फ़साने कह कर तू
जब खुद को सच्चा दिखता है
कैसा लगता है मुझ को
तू मेरी नज़र से देख कभी

***

लबों पे शिकवे क्यों
दिलों में आह काफी है
मुकम्मल ख्वाब करने को
जूनून ऐ चाह काफी है

***

मुसाफिर ठहर जाते है मंज़िल पे पहुंच कर
मगर काफिले मील का पत्थर नहीं देखा करते

***

सवाल है वक़्त के मुंसिफ ऐ मिज़ाज पर
जो मुझ से ऐसी चाल चल गया
भरता होगा ज़ख्म अपनों के
मेरे तो हरे कर गया

***

बेवजह नहीं जो हर मोड़ पर टकरा जाते हो मुझ से
कोई ताल्लुक है शायद जो तारुफ़ मांगता है
***

तकरीरें दलीलें सबूत सब ख़ाक हो गए
मैं में सिमटा वजूद मुज़रिम में जा मिला
***

वो ही इक तजुर्मान नहीं मिलता
जो ख्वाबों का तर्जुमा हक़ीक़त में कर दे
***

इक तेरा ख्याल मेरे
ख्यालात बदल देता है
तेरी मौजूदगी का तसव्वुर
हक़ीक़त का असर रखता है
***

हसरतों का मज़मा था
गफलत में मैं था
***

कसूर मेरी किस्मत का था
या तुम्हारे मुकद्दर की बात थी
वो सहर नहीं थी दरअसल
रौशनी में लिपटी इक रात थी
***
अख़लाक़ के हाथों तराशा गया हूँ
मेरे हालात बदले हैं ईमान नहीं बदला
***
बिक गया हो जो हालात के हाथों
उसे खरीद कर तू गुमान न कर
पर जो बिका है ईमान के हाथों
उसके बिकने का तू मलाल न कर
***
वो जिनमें मनसूबे शरीक रहते हैं
खतायें वो कभी कभी काबिल ऐ माफ़ी नहीं होती
***

कुछ ख्याल और कुछ ख्वाब
लिखे थे मैंने अपने
पर हैरत तब हुई जब
पढ़े गए मेरा तजुर्बा समझ कर
***

रौशनी में तो बस चेहरे ही नज़र आये
दम तो अंधेरों में था
जो किरदारों से रूबरू करवा गए
***

जल्दी भर जाते हैं वो ज़ख्म
जो छुपाये नहीं जाते
सब्ज़ रहते हैं हमेशा वो ज़ख्म
जो दिखाए नहीं जाते
***

खरीददारी करते वक़्त याद रखना
सौदागिरी का माहौल कम नहीं होता
जिन रिश्तों में नुमाइशें ज़्यादा हो
उन रिश्तों में दम नहीं होता
***

दुनिया देख कर भी जो नहीं बदला
वो यकीनन किसी और दुनिया का बाशिंदा होगा
***

धोखा दे कर भी वो मुस्करा न सका
रब्ब की इतनी बरकत थी मुझ में
मैं धोखा खा के भी हंसती रही
***

यह तो उसकी संगदिली पर दिल भर आया
मैं खुश था मेरे ज़मीर पर कोई बोझ नहीं था
***

9 789388 333573

Printed by Libri Plureos GmbH in Hamburg, Germany